TELEPHE,

TRAGEDIE

REPRESENTÉE POUR LA PREMIERE FOIS

PAR L'ACADÉMIE ROYALE

DE MUSIQUE,

Le Jeudy vingt-troisiéme Novembre 1713.

Le prix eſt de trente ſols.

A PARIS,

Chez PIERRE RIBOU, Quai des Auguſtins, à la deſcente du Pont-Neuf, à l'Image Saint Loüis.

M. DCC. XIII.

Avec Approbation, & Privilege du Roy.

PERSONNAGES
DU PROLOGUE.

JUPITER,	M. Hardoüin.
JUNON,	Mlle Pouſſin.
APOLLON,	M. Peliſſier.

Suite de Pluton.
Suite de Neptune.
Suite d'Apollon.
Suite de Venus.
Chœur de toutes les Divinitez.

Noms des Actrices & des Acteurs, chantans dans tous les Chœurs du Prologue & de la Tragedie.

SECOND RANG. PREMIER RANG.

MESDEMOISELLES,

Limbourg.	Paſquier.	Baſſet.	Tetlet.
Guillet.	Meſnier.	De Kerkof.	Menez.
La Roche.	Du Laurié.	Deboizé.	Billon.

MESSIEURS,

Paris.	Flamand.	Deshayes.	Gervais.
Thomas.	Alexandre.	Lebel.	Dupleſſis.
Courteil.	Le Jeune.	Morand.	Le Comte.
Corby.	Le Mire L.	La Roſiere.	Desjardins.

a ij

DIVERTISSEMENT
du Prologue.

Suite de Neptune.

Monſieur Marcel.
Mrs Germain, Dumoulin-L.
Dangeville.

Suite de Pluton.

Monſieur Blondy.
Mrs Javilliers, Pierret,
Duval.

SUITE DE VENUS, GRACES.

Meſdemoiſelles, Haran, Iſec, la Feriere.

SUITE D'APOLLON.

Monſieur F-Dumoulin.
Meſſieurs D-Dumoulin, Dangeville-L., Guyot.

PROLOGUE.

PROLOGUE.

L'APOTHEOSE D'HERCULE.

Le Theatre represente le Ciel & l'assemblée de tous les Dieux. Jupiter & Junon sont placez sur un Trône magnifique. Hercule appuyé sur sa massuë & Hebé Déesse de la Jeunesse tenant une Couppe à la main paroissent aux pieds de Jupiter & de Junon. Pluton est entouré des Divinitez Infernalles & Neptune des Divinitez de la Mer. Les Dieux du Ciel & de la Terre sont grouppez differemment sur des Nüages jusques sur les bords du Theatre.

JUPITER.

Onarques reverez des Enfers & de l'Onde,

Vous qui partagez avec moi
Le ſuprême Empire du monde,
Ecoutez du Deſtin la ſouveraine loi.

Hercule va joüir d'une gloire immortelle,
Il eſt admis au rang des Dieux :
En faveur de mon fils ſignalez vôtre zele,
Que ce jour à jamais ſoit marqué dans les Cieux.

JUNON.

A l'Arrêt du Deſtin Junon ſouſcrit ſans peine,
Contre un fameux Heros j'ai long-tems combatu,
Mais le courage & la Vertu
Triomphent tôt ou tard de la plus forte haine.

JUPITER ET JUNON.

Qu'il ſoit adoré des Mortels.
Qu'à ſes nouveaux honneurs tous les Dieux applaudiſſent :
Que l'encens à jamais brule ſur ſes Autels,
Que du bruit de ſon nom les Temples retentiſſent.

LE CHOEUR DES DIVINITEZ

Repete ces quatre vers.

Les Divinitez Infernalles & celles de la Mer commencent le Divertiſſement, & marquent par leurs danſes qu'elles approuvent l'honneur que le Deſtin fait à Hercule.

APOLLON.

Muſes formez les plus beaux ſons,
Conſacrez aux Heros vos divines chanſons.

La Gloire & la Vertu ſur des ailes rapides
Elevent les Mortels juſques dans ce ſéjour:
Hercule en les prenant pour guides,
A part au doux Nectar de la Celeſte Cour.

Les Arts, & la ſuite d'Apollon continuent le Divertiſſement.

JUNON.

Que l'Amour vole, qu'il s'empreſſe
De rendre deux Amans heureux:
Hercule & l'aimable Jeuneſſe
Vont être unis des plus beaux nœuds.

Mortels, que cet Hymen vous excite à la gloire,
Voyez quel eſt le prix des exploits éclatans:
Les Outrages du tems
N'en font point vieillir la memoire.

Que l'Amour vole, qu'il s'empreſſe
De rendre deux Amans heureux:
Hercule & l'aimable Jeuneſſe
Vont être unis des plus beaux nœuds.

Les Graces, les Plaiſirs, & toute la ſuite de Venus continuent les Danſes, & s'uniſſent enfin aux ſuivans de Pluton, de Neptune, & d'Apollon.

JUPITER.

Hercule dans les Cieux peut gouter le repos :
Si le Crime ose encore attaquer l'Innocence,
La France doit un jour posseder un Heros,
Qui sçaura des mortels embrasser la deffense :
Je vois dans l'avenir sa gloire & sa puissance !

JUPITER, JUNON, *& les Chœurs de toutes les Divinitez.*

Protecteur des Vertus, il punit les forfaits,
Il sçait par sa Valeur enchaîner la Victoire :
Pour prix de ses travaux, il ne veut que la gloire
De faire triompher la Paix.

FIN DU PROLOGUE.

ACTEURS
DE LA TRAGEDIE.

TELEPHE, *Amant d'Ismenie, reconnu pour fils d'Hercule,* M. Thevenard.
ISMENIE, *Amante de Telephe, reconnuë pour fille de Teutras legitime Roi de Mysie,* Mlle Journet.
EURITE, *Tyran de Mysie, Meurtrier de Teutras,* M. Hardoüin.
ARSINOE', *sœur d'Eurite,* Mme Pestel.
ARSAME, *Prince Mysien, Amant d'Arsinoé,* M. Cochereau.
HERCULE, M. le Mire.
Un Berger, M. Pelissier.
Une Bergere, Mlle Aubert.
La Pythonisse, Mlle Antier.
Un Vieillard, M. Mantienne.
Deux jeunes Mysiennes, Mlle Limbourg, Mlle Pasquier.
Trois Sacrificateurs d'Hercule, Mrs Dun, Mantienne, Chopelet.
Une Suivante de la Gloire, Mlle Antier.
Chœurs de Bergers & de Bergeres.
Chœurs de Prêtresses d'Apollon.
Chœurs de Peuples, de Vieillards, & de jeunes Filles.
Chœurs de Sacrificateurs d'Hercule & de Prêtresses d'Hebé.
Chœurs de Mysiens & de Suivants de la Gloire.

PERSONNAGES DANSANTS de la Tragedie.

PREMIER ACTE.

BERGERS ET BERGERES.

Mesdemoiselles Prevost, Guyot.
Messieurs P-Dumoulin, Dangeville-L., Duval, Guyot, Ramau, Dangeville-C.

PASTRE.

Monsieur F-Dumoulin.
Mesdemoiselles Haran, Isec, Mangot, Corbiere, Ramau, Dimanche-L.

ACTE II.

PRESTRESSE D'APOLLON.

Mademoiselle Guyot.
Mesdemoiselles Lemaire, Leroi, Mangot, Duval, Rameau, Dimanche-L.

ACTE III.

PEUPLES.

Monsieur Blondy.
Messieurs Germain, Dumoulin-L. Ferrand, Gaudrau, Marcel.
Mesdemoiselles Lemaire, Leroi, Rameau, Mangot, Dimanche-L.

Deux Vieillards, Messieurs Ramau, Duval.

Deux Vieilles, Mesdemoiselles Dimanche-C., Corbiere.

Deux jeunes Mysiens, Messieurs F-Dumoulin, D-Dumoulin.

Deux Jeunes Filles, Mesdemoiselles Isec, Haran.

ACTE IV.

SACRIFICATEURS.

Messieurs Germain, Dumoulin-L., Blondy, Marcel, P-Dumoulin, Dangeville-L., Guyot, Duflo.

PRESTRESSES.

Mademoiselle Prevost.

Mesdemoiselles Lemaire, Leroi, Isec, Haran, Duval, Ramau.

ACTE V.

Monsieur D-Dumoulin,

Messieurs F-Dumoulin, P-Dumoulin, Dangeville-L.

Mesdemoiselles Isec, Haran, la Feriere.

GUERRIERS.

Messieurs Javillier, Gaudrau, Pierret.

AMAZONNES.

Mesdemoiselles Lemaire, Ramau, Dimanche-C.

TELEPHE.

TELEPHE,

TRAGEDIE.

ACTE PREMIER.

Le Théatre represente dans l'éloignement la Ville de Pergame Capitale de la Mysie, & sur le devant un lieu agréable pour celebrer le retour de la Paix, le Triomphe des Mysiens & la valeur de Telephe.

SCENE PREMIERE.

TELEPHE.

Uel étoit le bonheur qui combloit mes desirs!
Faut-il qu'à mon esprit, Amour, tu le rappelles?
Le souvenir des plaisirs
Rend les peines plus cruelles.

Je me vois séparé de l'objet de mes feux,
Que servent les lauriers que m'offre la victoire?
Helas! un amant malheureux
Se console-t-il par la gloire?

Quel étoit le bonheur qui combloit mes desirs!
Faut-il qu'à mon esprit, Amour, tu le rappelles?
Le souvenir des plaisirs
Rend les peines plus cruelles.

SCENE II.

ARSAME, TELEPHE.

ARSAME.

GEnereux Etranger, votre invincible bras
Merite les honneurs que vous rend la Mysie:
Dans un combat douteux ranimant nos soldats,
Vous avez seul d'Eurite assûré les Etats,
Moi-même je vous dois la vie;
Sans vous, sans votre prompt secours
Je tombois sous le fer qui menaçoit mes jours:
Mais helas! je perds ce que j'aime,
Le Roi veut à sa sœur vous donner pour époux,
Vous m'enlevez un bien plus doux,
Plus cher cent fois que le jour même.

TELEPHE.

Je n'abuſerai point de la faveur du Roi,
A de ſi grands honneurs je ne dois point prétendre ;
La Princeſſe, Seigneur, vous a promis ſa foi,
Le mérite, le rang, & l'amour le plus tendre,
Tout lui parle pour vous, rien ne parle pour moi.

Si par quelques exploits je me ſuis fait connoître,
Je ne ſçai de quel ſang le Deſtin m'a fait naître.

Prés du Mont Citheron dans un bois écarté,
Je fus expoſé dés l'enfance;
Un ſentiment ſecret m'a quelquefois flaté
D'une illuſtre naiſſance,
Mais nourri dans l'obſcurité
Je n'en ai point d'autre aſſûrance.

ARSAME.

Comment puis-je payer tout ce que je vous dois ?
Quand le Roi vous offroit la main de la Princeſſe,
Votre valeur juſtifioit ſon choix ;
Mais toûjours dans mon ſort votre ame s'intereſſe,
Vous me ſauvez la vie une ſeconde fois.

Eſt-il une vertu plus rare ?
Vous plaignez un Rival, vous le rendez heureux !

TELEPHE.

Telephe a trop appris par des maux rigoureux
A plaindre les Amans que le Deſtin ſepare.

D'une jeune Beauté j'adorois les appas,
J'ignore qui me l'a ravie ;
J'ai porté ma douleur en differens climats,
Mais lassé de traîner une mourante vie
J'avois ici tourné mes pas.
Les Troyens conjurez menaçoient la Mysie :
Rangé sous vos Drapeaux j'arme pour vous mon bras.
Dieux inhumains, vous trompez mon envie,
Je trouve la victoire en cherchant le trepas.

La gloire m'importune,
De mon Etat obscur je serois plus charmé :
Tous les presens de la Fortune
Valent-ils la douceur d'aimer & d'être aimé ?

ARSAME.

Vous êtes couronné des mains de la Victoire,
Un si fameux Guerrier doit être amant heureux :
Pour mettre le comble à vos vœux,
L'Amour sera forcé de s'unir à la gloire.

TELEPHE.

L'Oracle d'Apollon est mon dernier espoir,
Je vais à ses Autels consulter la Prêtresse,
Peut-être pourrai-je sçavoir
Qu'elle main m'a ravi l'objet de ma tendresse :
Vous, de vôtre penchant suivez la douce loi,
Arsinoé paroît, je vous laisse avec elle :
Livrez-vous, plus heureux que moi,
Aux tranquiles douceurs d'une amour mutüelle.

SCENE III.

ARSAME, ARSINOE'.

ARSAME.

LA Guerre a differé le bonheur de mes feux,
Mais, Princesse, la paix favorise mes vœux;
A mon empressement daignez enfin vous rendre,
Répondez à l'espoir que vous m'avez donné:
Faites que l'amour le plus tendre
Soit aussi le plus fortuné.

ARSINOE'.

Ignorez-vous encor ce que nous devons craindre?
Le Roi veut aujourd'hui me donner pour époux
Ce Guerrier que le sort a conduit parmi nous.

ARSAME.

Et vous y consentez?

ARSINOE'.

Je ne puis que vous plaindre.

Du plus parfait Amour quelque soit le pouvoir,
Un cœur de son destin n'est pas toûjours le maître:
Dans un rang élevé quand le Ciel nous fait naître,
C'est pour nous immoler aux rigueurs du devoir.

ARSAME.

Si vous m'aimez autant que je vous aime,
Esperons tout du pouvoir de l'Amour :
Telephe pour jamais va quitter ce séjour,
Il me l'a déclaré lui-même.

ARSINOE'.

O Ciel !

ARSAME.

Vous vous troublez ! je vois vôtre douleur !
Ah ! que ne puis-je encor douter de mon malheur ?

Vôtre infidelle ardeur éclatte,
J'en suis trop éclairci par ce trouble fatal :
Ce n'est point le devoir, c'est l'amour seul, ingrate
Qui vous attache à mon Rival.

ARSINOE'.

Prince, vôtre soupçon m'offense,
Puis-je voir sans chagrin se separer de nous
Un Guerrier genereux qui prit nôtre défense ?

ARSAME.

Cruelle, esperez-vous
Tromper des yeux jaloux ?

De mon Rival heureux vous me vantez la gloire,
Il a sçû triompher jusques dans vôtre cœur :

Vous admirez trop la victoire,
Pour ne pas aimer le vainqueur.

ARSINOE'.

Me ferez-vous toûjours quelque plainte nouvelle ?
De vos soupçons jaloux je devrois vous punir :
A s'entendre sans cesse appeller infidele
On peut enfin le devenir.

ARSAME.

Vôtre flâme est prête à s'éteindre,
Et toûjours à vos loix je demeure asservi:
Ah ! Si vôtre cœur m'est ravi,
Ne m'ôtez pas encor la douceur de m'en plaindre.

On entend une Simphonie champestre.

ARSINOE'.

Les Habitans des Hameaux d'alentour
De la Paix par leurs jeux celebrent le retour.

ARSAME.

Ma douleur plus long-tems ne doit pas vous contraindre.

SCENE IV.

Les Bergers des Campagnes voisines de Pergame viennent chanter le retour de la Paix, & celebrer la valeur de Telephe, qui a combatu pour eux.

UN BERGER, UNE BERGERE,
& le Chœur de Bergers.

ALlons, allons revoir nos champs & nos hameaux,
La Guerre n'y fait plus ressentir ses allarmes :
Ranimons nos chalumeaux,
Chantons la Paix & ses charmes.

LA BERGERE.

Quel Dieu nous rend un sort si doux ?

LE BERGER.

Un Guerrier inconnu qui s'est armé pour nous,
Des terribles combats fait cesser les ravages ;
Nos voisins envieux par lui seul sont soumis :
Tel qu'un vent favorable écarte les nuages,
Il a chassé nos Ennemis.

LA BERGERE.

Nous en conserverons à jamais la memoire,
En chantant nos plaisirs, nous chanterons sa gloire.

LE

LE BERGER, LA BERGERE,

& le Chœur.

Allons, allons revoir nos champs & nos hameaux,
La Guerre n'y fait plus ressentir ses allarmes:
Ranimons nos chalumeaux,
Chantons la Paix & ses charmes.

On danse.

LE BERGER & LA BERGERE.

On voit encor des cœurs fidelles,
Quoique leurs desirs soient contens,
On voit des ardeurs éternelles
Comme il en fût aux premiers tems:
Est-ce à la Cour ou dans les Villes?
Non, ce n'est que dans nos aziles
Que les Amans sont si constans.

Auprés d'une Beauté severe
Il suffit de sçavoir aimer,
Le seul amour est necessaire
Pour la contraindre à s'enflâmer;
Est-ce à la Cour ou dans les Villes?
Non, ce n'est que dans nos aziles
Que le plus tendre sçait charmer.

Le Divertissement continuë.

SCENE V.

LE ROY, ARSINOE'.

LE ROY.

PEuples, éloignez-vous : je vous cherchois, ma Sœur,
Je veux vous découvrir les troubles de mon cœur.

Je ſens une frayeur mortelle,
Mes Sujets pour Telephe ont marqué trop de zele,
Je ne puis de ma Cour aſſez-tôt l'éloigner :
Je tremble qu'il n'aſpire à la grandeur ſuprême,
Ah! je connois trop par moi-même
Ce qu'inſpire aux mortels le deſir de regner.

ARSINOE'.

Sa valeur qui pour vous lui fit prendre les Armes,
Doit troubler vos ſeuls Ennemis.

LE ROY.

Lui ſeul me cauſe plus d'allarmes,
Que ne m'en ont cauſé tous ceux qu'il m'a ſoumis.

ARSINOE'.

Eſt-ce donc ſa Vertu qui vous force à le craindre?

LE ROY.

Tout m'épouvante, helas ! que mon ſort eſt à plaindre!

Le Trône où ſe portoient mes plus ardens ſouhaits,
Pour jamais de mon ame a fait ſortir la Paix.

Depuis qu'aux yeux de la Myſie,
Je fis perdre à Teutras & l'Empire & la vie,
Craint de tous mes Sujets, je les crains à mon tour,
Toûjours avec effroi je vois naître le jour!

Plus malheureux encor dans l'horreur des ténebres,
La nuit ne m'offre plus que des objets funebres,
Des Monſtres, des Fleuves de ſang :
Je crois être toûjours dans le Temple d'Alcide,
Où parmi les clameurs d'une troupe timide,
D'un Roi cheri des Cieux j'oſai percer le flanc.

Saiſi de trouble & d'épouvante,
Accablé du remords qui me ſuit en tous lieux,
Je crois voir ſon Ombre ſanglante
Pour déchirer mon cœur, ſe montrer à mes yeux!

ARSINOE'.

Qu'un Empire acquis par l'audace
Vous ſoit conſervé par l'Amour;
Heritiere d'un Roi dont vous prîtes la place,
Iſmenie eſt dans vôtre Cour :

Offrez-lui par l'Hymen la ſuprême puiſſance.

LE ROY.

Flatté de cet eſpoir, dans des lieux écartez
Je fis élever ſon enfance,
Puiſque je vois enfin mes ennemis domptez,
Je vais à mes Sujets dévoiler ſa naiſſance.

Avant que de l'unir à moi,
Je veux à mes deſſeins rendre Hercule propice:
Témoin de mes fureurs, il cauſe mon effroi,
Je lui fais preparer un pompeux Sacrifice.

LE ROY, ARSINOE'.

Toi, que mille travaux ont placé dans les Cieux,
Que nos vœux, nos reſpects, deſarment ta vengeance:
La plus grande gloire des Dieux
Eſt de ſignaler leur clemence.

FIN DU PREMIER ACTE.

ACTE SECOND.

Le Theatre represente le Temple d'Apollon & dans le fond l'endroit où la Pythonisse rendoit les Oracles.

SCENE PREMIERE.

ISMENIE.

LOin du seul objet que j'adore,
Sans espoir de retour, quel chagrin me dévore!

Apollon, Dieu puissant, que je viens implorer,
Au nom du tendre Amour, daigne me déclarer
Si mon Amant respire encore.

Cher objet de mes feux, quelle fut ta douleur
Lorſque tu perdis ton Amante?
Ah ! j'en ai jugé par mon cœur.
Tout m'afflige, tout me tourmente,
Les plaiſirs de la Cour, la pompe, la grandeur
Valent-ils la douceur charmante
D'une tendre & ſincere ardeur ?

Agréables plaiſirs d'une innocente vie,
Helas ! qu'êtes-vous devenus?
Que deux cœurs ſont heureux ſur des bords inconnus,
Lorſqu'ils peuvent s'aimer ſans crainte & ſans envie !

Agréables plaiſirs d'une innocente vie,
Helas ! qu'êtes-vous devenus?

Pour calmer mes peines ſecrettes,
Conſultons d'Apollon les ſacrez Interprettes.

SCENE II.

TELEPHE, ISMENIE.

ISMENIE.

Que vois-je ? Justes Dieux !
Est-ce donc mon Amant que je trouve en ces lieux ?
Telephe....

TELEPHE.

O Ciel ! belle Ismenie !

ISMENIE.

Est-ce un charme trompeur ?

TELEPHE.

En croirai-je mes yeux ?
Ah ! J'en crois les transports de mon ame ravie.
Moment fortuné !

ISMENIE.

Jour heureux !

TELEPHE.

Je te pardonne, Amour, mes tourmens, mes allarmes.

ENSEMBLE.

Ah ! qu'aprés des maux rigoureux,
Le plaisir que je goûte a de sensibles charmes !

TELEPHE.

O trop heureux Amant! Prêt à perdre le jour
Par quel ſort vois-je ici l'objet de mon amour?

ISMENIE.

Le Roi par un ordre ſuprême
M'a fait conduire dans ſa Cour:
J'y pleurois les douceurs du tranquile ſéjour
Où j'avois laiſſé ce que j'aime.

TELEPHE.

Combien dans ce ſéjour ai-je verſé de pleurs?
Accablé de tourmens, malheureux & fidelle....
Mais d'où vient que je me rappelle
Le ſouvenir de mes malheurs?...
Un ſeul de vos regards a payé mes douleurs.
Je vous vois, c'eſt aſſez: cheri dans la Myſie
Pour qui dans les perils j'ai prodigué ma vie,
J'oſe eſperer....

ISMENIE.

Qu'entends-je? ô Dieux!
D'un Heros invincible on vante le courage...
A lui ſeul d'un combat on doit tout l'avantage...
C'eſt vous, dont les Exploits font retentir ces lieux.

Couvert d'une gloire immortelle
L'Amour vous preſente à mes yeux:

Dans

Dans un Heros victorieux
Je retrouve un Amant fidelle !

TELEPHE.

Je dois à mon amour plustôt qu'à ma valeur
L'éclat que m'a donné la gloire :
Heureux ! en trouvant la victoire,
Si je m'étois rendu digne de vôtre cœur.

ISMENIE.

Vous ne l'êtes que trop : mais, par quelles allarmes
Je sens troubler le plaisir de vous voir !

TELEPHE.

L'Amour nous réünit, & vous versez des larmes !
Quelles sont vos frayeurs ? ne puis-je le sçavoir ?

ISMENIE.

Quels seront les tourmens que ce jour nous prépare !
L'Amour nous réünit ; mais, le sort nous sépare.

TELEPHE.

O Ciel !

ISMENIE.

Par un hymen qui me glace d'effroi,
Le Roi veut qu'aujourd'hui je lui donne ma foi.

TELEPHE.

Ah ! quand mon bras affermit sa puissance,
Briseroit-il de si beaux nœuds ?

ISMENIE.

Songez à lui cacher vos feux,
D'un Rival trop puissant redoutez la vengeance.

ENSEMBLE.

Dieux ! laissez-nous goûter de tranquilles douceurs,
Laissez-nous, sans éclat, dans une paix profonde :
Reservez les honneurs
Pour les Maîtres du Monde,
Dieux ! laissez-nous goûter de tranquilles douceurs.

ISMENIE.

Sur le sort de nôtre tendresse,
De ces lieux reverez consultons la Prêtresse.

SCENE III.

La Pythonisse arrive avec les Prêtresses d'Apollon, qui celebrent les Ceremonies ordinaires qui se faisoient lorsque ce Dieu rendoit les Oracles.

LA PYTHONISSE, *& le Chœur des Prêtresses.*

CHantons de tous les Dieux le Dieu le plus aimable,
Il préside aux beaux Arts, il fait naître le jour :
Par ses traits, plus que Mars, il se rend redoutable,
Il est, par sa beauté, plus charmant que l'Amour.

LA PYTHONISSE.

Soleil, dans ta vaſte carriere
Tes feux embelliſſent les Cieux,
L'éclat de ta vive lumiere
Eſt le charme de tous les yeux :
Tu ne vois rien qui ne t'adore,
Toute la Terre eſt ton autel ;
Les richeſſes que ſont éclore
Cerés, Bacchus, Pomone & Flore,
En ſont l'ornement immortel.

Le Divertiſſement continuë.

Charmant Pere de l'harmonie
Tout reſſent ton pouvoir Divin,
Quand ta voix touchante eſt unie
Aux ſons qui naiſſent ſous ta main !
Tout ſe taît ; les vents ſont paiſibles,
Les Rochers deviennent ſenſibles,
Tu ſçais attirer les Forêts,
Tu ſuſpends l'Onde fugitive,
Toute la Nature attentive
Se rend à de ſi doux attraits.

TELEPHE, ISMENIE.

Vous voyez des Amans que la douleur accable,
Interprette des Dieux, donnez-nous du ſecours,

Rendez Apollon favorable
A nos tendres amours.

LA PYTHONISSE.

Quelle épaiſſe vapeur tout à coup m'environne !
Quels mouvemens ſoudains!... quelle ſecrette horreur!..
Je tremble !... je friſſonne !....
Je reſſens les tranſports d'une ſainte fureur !

à Iſmenie.

Le Dieu dont mon ame eſt ſaiſie
A mes yeux étonnez découvre l'avenir !
Quel éclat !... quels honneurs feront briller ta vie !
Avant la fin du jour l'hymen te doit unir
Au Deſtin du Roi de Myſie.

La Pythoniſſe ſort avec toutes les Prêtreſſes.

SCENE IV.

TELEPHE, ISMENIE.

ENSEMBLE.

Quel Oracle ! les Dieux jaloux
Se déclarent-ils contre nous ?

TELEPHE.

Non, je ne ſçaurois croire
Que le Roi conſente à ma mort :

Il doit à mes Exploits son repos & sa gloire,
Il peut en ma faveur se faire un noble effort;
Je vais lui découvrir nôtre ardeur mutüelle.

ISMENIE.

La Princesse sa Sœur s'interesse à mon sort...

TELEPHE.

Je la vois dans ces lieux; demeurez avec Elle.

SCENE V.

ISMENIE, ARSINOE'.

ISMENIE.

PRincesse, vous voyez mes pleurs,
Je n'ai recours qu'à vous, détournez mes malheurs.

Le Roi veut s'opposer au repos de ma vie,
De mes foibles appas il s'est laissé charmer:
Ah! que vous m'avez mal servie,
Mes yeux, pour mon malheur, deviez-vous l'enflâmer?

ARSINOE'.

Un Roi brûle pour vous, pourquoi vous allarmer?

ISMENIE.

L'Amour me tient ſous ſa puiſſance,
J'ai fait un choix digne de moi :
Tout l'éclat que m'offre le Roi,
Ne peut ébranler ma conſtance.

ARSINOE'.

Quel mortel trop heureux obtient la preference ?
Ne me déguiſez rien....

ISMENIE.

Ce Vainqueur glorieux
Qui s'arma pour nôtre défenſe.

ARSINOE' *à part.*

Ciel !

ISMENIE.

C'eſt le ſeul mortel qui ſoit cher à mes yeux.

Je n'ai point attendu qu'il fut comblé de gloire,
Pour m'en laiſſer charmer :
Sa premiere Victoire
Fut de ſe faire aimer.

Dans le même ſéjour élevez dés l'enfance,
Nous brûlions des mêmes ardeurs :
Nous ignorions des Rois l'éclat & la puiſſance,
L'Amour nous tenoit lieu de toutes les grandeurs.

ARSINOE' *à part.*

Quel trouble s'éleve en mon ame!
à Ismenie.
Je vois dans vos discours l'excés de vôtre flâme!

ISMENIE.

Ah! que ne puis-je rappeller
Des jours heureux, des jours trop prompts à s'écouler!

Les Bois, seuls confidens de nos flâmes secrettes,
Les plus affreux deserts nous paroissoient charmans;
L'Amour prend toûjours soin d'embellir les retraites
Qu'habitent de tendres Amans.

Princesse, protegez une union si belle,
Un Oracle cruel vient de m'épouvanter.

ARSINOE'.

Allez, vous connoîtrez mon zele,
Il est aussi des Dieux que je veux consulter.

SCENE VI.

ARSINOE'.

C'Est vous que je consulte, implacable Colere,
Triomphez d'un amour qui m'avoit trop sçu plaire.

Unique Eſpoir des cœurs jaloux,
Venez, conſolez-moi, Plaiſir de la Vengeance.

De ces Amans heureux troublons l'intelligence,
Que le Roi ſerve mon courroux,
Si je perds de l'Amour les charmes les plus doux,
Ma Rivale eſt en ma puiſſance,
Je ſçaurai lui porter les plus terribles coups,
Et goûter la douceur de punir qui m'offenſe.

Unique Eſpoir des cœurs jaloux,
Venez, conſolez-moi, Plaiſir de la Vengeance.

FIN DU SECOND ACTE.

ACTE TROISIÉME.

Le Théatre represente dans l'éloignement le Palais des Rois de Mysie.

SCENE PREMIERE.

LE ROY, ARSINOE'.

LE ROY.

H! que venez-vous de m'apprendre.

ARSINOE'.

Ils s'aimerent tous deux dés l'âge le plus tendre;
Leurs cœurs l'un de l'autre charmez
Feront gloire de leur constance,
Nous perdons l'espoir d'être aimez:

LE ROY.

Goûtons celui de la vengeance.

ENSEMBLE.

Briſons leurs nœuds, vengeons-nous,
Vaine Pitié, tu dois te taire,
L'Amour malheureux & jaloux
N'écoûte que la Colere.

LE ROY.

Mon funeſte ſecret a trop tôt éclaté,
Le Peuple connoît Iſmenie;
Si juſqu'à mon Rival le bruit en eſt porté,
Ce Guerrier contre moi peut armer la Myſie.

ARSINOE'.

Prevenez les deſſeins qu'il oſeroit former,
Pour regner, tout eſt legitime:
Iſmenie eſt d'un ſang qui doit vous allarmer,
De vos premiers tranſports qu'elle ſoit la victime.
Immolez une ingrate....

LE ROY.

Ah! je fremis d'horreur!
Puis-je vouloir qu'elle periſſe?
Non, toute ma fureur
Ne ſçauroit approuver ce cruel ſacrifice.

S'il faut verſer du ſang, c'eſt celui d'un Rival,
De mes Sujets il s'attire l'hommage,

Au milieu des perils j'ai connu ſon courage,
Je crains qu'il ne me ſoit fatal.

ARSINOE'.

à part. *au Roi.*

Je tremble: ſur mon cœur il a pris trop d'empire,
Quoique l'ingrat ne m'aime pas,
Si vous ordonnez qu'il expire,
Vous allez prononcer l'Arreſt de mon trépas.

LE ROY.

Pour Iſmenie épris d'une amour ſans égale
Il n'a que des mépris pour vous.

ARSINOE'.

Je ſens rallumer mon courroux
Par le ſeul nom de ma Rivale!

ENSEMBLE.

Briſons leurs nœuds, vengeons-nous,
Vaine Pitié, tu dois te taire,
L'Amour malheureux & jaloux
N'écoute que la Colere.

ARSINOE'.

Je vois Telephe... ô Ciel! quels ſecrets mouvemens!
Je cherche encore à le défendre!
Je vous laiſſe: daignez l'entendre
Avant que de ceder à vos reſſentimens.

SCENE II.

LE ROY, TELEPHE.

LE ROY.

RIval audacieux, quelle eſt ton eſperance?
Songes-tu que je regne & que je ſuis jaloux?

TELEPHE.

Je connois ton amour, je connois ta puiſſance,
Mais qui cherche à mourir, ne craint point ton courroux.
Eclatte, ordonne que j'expire,
Sers toi-même un deſſein que mon amour m'inſpire.

Sans Trône, ſans Etats, perſecuté du ſort,
J'adore une Beauté digne du rang ſuprême;
Je mourrai content, ſi ma mort
Peut faire regner ce que j'aime.

LE ROY.

J'admire malgré moi cet effort genereux!

TELEPHE.

Quand l'amour eſt extrême,
C'eſt pour l'objet aimé qu'on doit former des vœux:

On aime mieux le rendre heureux
Que de ſe rendre heureux ſoi-même.

LE ROY.

Merite mes bontez : ma Sœur a des appas,
Qu'à ton ſort Elle ſoit unie.

TELEPHE.

Ah ! lorſque je perds Iſmenie,
Je ne cherche que le trépas.

LE ROY.

Tu ſeras ſatisfait. Ce refus qui m'offenſe,
Hâtera ma vengeance,
Si l'Ingratte s'obſtine à refuſer ma foi :
Toi-même à mes deſſeins preſſe-la de ſouſcrire,
Qu'avec ma main Elle accepte l'Empire,
Ou qu'elle periſſe avec toi.

SCENE III.

TELEPHE.

QUel orguëil ! ce dernier outrage,
Loin de m'intimider, ranime mon courage.
Ah ! c'eſt à toi d'être allarmé,
Tandis que de ce fer je ſuis encore armé.

Je ſens que la fureur s'empare de mon ame,
Tremble, orguëilleux Rival, crains mon bras irrité ;
Je cours délivrer la Beauté
Que tu veux ravir à ma flâme.

Mais que dis-je ? l'Amour m'impoſe une autre loi,
Sur un Trône éclattant la Fortune l'appelle,
Eſt-ce aſſez de l'aimer pour moi,
Ne dois-je pas l'aimer pour Elle ?

SCENE IV.

TELEPHE, ISMENIE.

ISMENIE.

QU'avec plaisir je vous revoi!
Je viens dans ce Palais de rencontrer le Roi:

Sçavez-vous d'un Rival jusqu'où va l'artifice?
Il ose m'assûrer que pour le rendre heureux
Vous voulez de vos feux
Lui faire un sacrifice.

Non, je connois trop vôtre cœur.

TELEPHE.

D'un Empire puissant devenez Souveraine,
Joignez à tant d'appas la suprême Grandeur.

ISMENIE.

Ingrat, il est donc vrai, tu brises nôtre chaîne?
Reservois-tu ce prix à ma fidelle ardeur!

TELEPHE.

Vous êtes destinée au Trône de Mysie,
L'Oracle a déclaré la volonté des Dieux.

ISMENIE.

Helas ! j'aurois vû, sans envie,
Un Trône encor plus glorieux.

Mais, je n'en doute plus, l'hymen de la Princesse
Flatte ton cœur ambitieux :
Je vais de ton Rival écouter la tendresse.
Je vais l'épouser à tes yeux...
Mais le puis-je ? il le faut, ma gloire me l'ordonne,
Mon infidelle Amant me quitte sans retour,
Sans peine à son Rival le cruel m'abandonne !

TELEPHE.

Mon Rival par l'hymen vous offre une Couronne,
Je ne puis vous offrir qu'un malheureux amour.

C'est pour donner des loix que le Ciel vous fit naître,
Regnez, remplissez vôtre sort :
Ma constance pour vous va se faire connoître,
Vous n'en douterez plus, en apprenant ma mort.

ISMENIE.

Vôtre mort ! quel dessein !

TELEPHE.

Croyez-vous que je vive,
En perdant tout l'espoir dont je m'étois flatté ?
J'irai, sans murmurer, sur l'infernalle rive,
Si j'assûre, en mourant, vôtre felicité.

ISMENIE.

ISMENIE.

Quels ſentimens vôtre amour vous inſpire!
Pour moi, vous renoncez au jour?
Et vous ne croyez pas que je puiſſe à mon tour
Mépriſer pour vous un Empire?

Bornons de nos deſtins le déplorable cours.

ENSEMBLE.

La mort n'a rien qui m'épouvante;

TELEPHE.

Je mourrois ſatisfait,

ISMENIE.

Je mourrois trop contente,

ENSEMBLE.

Si je pouvois ſauver vos jours.

TELEPHE.

Il ne faut au Tyran qu'une ſeule Victime,
Laiſſez-moi mourir ſous ſes coups:

ISMENIE.

J'ai cauſé vos malheurs; dans l'ardeur qui m'anime,
Je cours m'offrir à ſon courroux.

TELEPHE..

Je devance vos pas,

ISMENIE.

Je préviens vôtre envie,

ENSEMBLE.

Helas! Si nous devons tous deux perdre la vie,
J'aurois trop à souffrir en mourant aprés vous.

SCENE V.

ARSAME, ISMENIE, TELEPHE.

ARSAME *en se jettant aux genoux d'Ismenie.*

PErmettez qu'un sujet fidelle
Pour le Sang de ses Rois fasse éclatter son zele,
Princesse, à vos genoux....

ISMENIE.

Quelle surprise! ô Dieux!
Quels respects venez-vous me rendre?

ARSAME.

Fille du Souverain qui regnoit dans ces lieux,
Vous avez droit de les prétendre.

TELEPHE.

Ciel !

ARSAME.

Teutras vous donna le jour.

ISMENIE.

Que dites-vous ? ....

ARSAME.

Ce Roi qu'adoroit la Mysie,
Qui fut de ses Sujets & la gloire & l'amour...

ISMENIE.

Ce Roi qui d'un Barbare éprouvant la furie
Perit dans le sein de sa Cour,
Ce Roi si malheureux m'auroit donné la vie?

Quel secours a pû me sauver
Du cruel destin de mon Pere?

ARSAME.

Eurite en a lui-même expliqué le mystere,
Pour s'assûrer le Trône il vous fit élever.

ISMENIE.

Ah ! je vois son dessein trop funeste à ma gloire!
Parlez, Prince, parlez: Le Peuple sçait mon sort?
Du plus grand de ses Rois, cherit-il la mémoire?
Voudra-t-il seconder un genereux effort ?

ARSAME.

A vos regards empressé de paroître
Ce Peuple vient avec transport
Reconnoître le Sang de son Auguste Maître.

SCENE VI.

Les Peuples de Pergame viennent reconnoître Ismenie & lui rendre leurs hommages.

CHOEUR *des Peuples.*

DIgne Sang de nos Rois, regnez: vôtre naissance
Vous éleve aux plus grands honneurs:
Vôtre beauté sur tous les cœurs
Vous donne encor plus de puissance.

Le Divertissement commence.

UN VIEILLARD *Mysien.*

Laissons à la jeunesse
Le plaisir de charmer;
Mais, malgré la vieillesse,
Goûtons celui d'aimer.

A la Parque qui nous menace
Qu'Amour oppose son flambeau:
Ranimons un sang qui se glace
Par le secours d'un feu si beau.

Laiſſons à la jeuneſſe
Le plaiſir de charmer,
Mais, malgré la vieilleſſe,
Goûtons celui d'aimer.

Le Divertiſſement continuë.

DEUX JEUNES MYSIENNES.

Nous ſommes dans l'âge de plaire,
Fui loin de nous, Raiſon ſevere,
Que l'Amour regne ſur nos cœurs.

I. MYSIENNE.

Que nous ſerviroit-il d'attendre?
Offrons-nous à ſes traits vainqueurs:
Qui differe trop à s'y rendre
N'en éprouve que les rigueurs.

ENSEMBLE.

Nous ſommes dans l'âge de plaire,
Fui loin de nous, Raiſon ſevere,
Que l'Amour regne ſur nos cœurs.

II. MYSIENNE.

De la jeuneſſe qui s'envole
Heureux qui goûte les douceurs!
Dans les champs que l'Hyver déſole
Vainement on cherche des fleurs.

ENSEMBLE.

Nous sommes dans l'âge de plaire,
Fui loin de nous, Raison severe,
Que l'Amour regne sur nos cœurs.

ISMENIE *aux Peuples.*

Je vois avec reconnoissance
Le zele que pour moi vous faites éclatter:
Mais puis-je me flatter
De vôtre obéïssance?

CHOEUR *des Peuples.*

Ordonnez, nous suivrons vos loix.

ISMENIE *en montrant Telephe.*

Vous voyez un Heros fameux par mille Exploits.

CHOEUR.

Nous lui devons nôtre Victoire.

ISMENIE.

Oserez-vous encore attentifs à sa voix
Chercher en ma faveur une plus belle gloire?

CHOEUR.

Ordonnez, nous suivrons vos loix.

ISMENIE.

De mon Pere égorgé rappellez-vous l'image.

CHOEUR.

Ah! nous en fremissons de douleur & de rage.

ISMENIE.

C'est assez: suivez-moi. Ce n'est point dans ces lieux
Qu'il faut vous découvrir quelle est mon esperance:
Venez, à la face des Dieux,
D'un zele si parfait me donner l'assûrance.

FIN DU TROISIE'ME ACTE.

ACTE QUATRIE'ME.

Le Theatre represente le Temple d'Hercule: on voit dans le fond la Statuë de ce Dieu placée devant un Autel sur un pied'estal & soutenuë par la Renommée & par la Valeur; sur les côtez du Theatre, des groupes de marbre blanc retraçent l'histoire de ses plus fameux travaux; d'un côté, il détache Promethée qui étoit lié à un rocher du Mont Caucase. Il enleve les Pommes d'Or du Jardin des Hesperides que gardoit un dragon. Il étoufe entre ses bras Anthée fils de la Terre. Il tire le Chien Cerbere des Enfers. Il soulage Atlas & lui aide à porter le Ciel. Il prend à la course la Biche aux cornes d'Or. De l'autre côté, il delivre Hesione exposée à un Monstre Marin. Il tue l'Hydre de la Forêt de Lerne. Il dompte un Centaure Monstre moitié Homme & motie Cheval. Il surmonte le Fleuve Acheloüs & lui arrache la Corne d'abondance. Il étrangle le Lion du Bois de Nemée. Il arrête le Sanglier de la Montagne d'Erimanthe. Toutes ces Statuës sont posées entre des Colonnes d'Architecture Dorique.

SCENE PREMIERE.

ISMENIE.

QUel trouble me ſaiſit ! ce fut à cet Autel
Que mon Pere tomba frappé du coup mortel!
De ſon ſang répandu j'y vois encor la trace,
Que ce funeſte objet irrite mes douleurs !
C'eſt par du ſang qu'il faut que je l'efface,
Et non pas par des pleurs.

O vous, qui ſur la ſombre rive
Gemiſſez des rigueurs de vôtre injuſte ſort,
Chere Ombre, ſoyez attentive
Aux ſermens que je fais de venger vôtre mort.

Si le ſang d'un Tyran ne lave pas ſes crimes,
Puiſſe le châtiment en retomber ſur moi :
Que ſous mes pas la terre entrouve ſes abîmes,
Et me prive à jamais du jour que je vous doi.

SCENE II.

TELEPHE, ISMENIE.

TELEPHE.

PRinceſſe, vos Sujets brûlent d'impatience
De ſervir avec moi vôtre juſte vengeance.
On diroit, à voir leur courroux,
Qu'ils partagent l'amour que je reſſens pour vous;

D'Hercule dans ce Temple on prepare la fête,
Tout conſpire à nôtre deſſein:
Eurite y doit venir; ma main eſt toute prête
A lui percer le ſein.

ISMENIE.

Du feu d'une juſte colere,
A l'aſpect de ces lieux, je me ſens embraſer:
Mais, lorſqu'il faut vous expoſer,
Mon cœur tremble à venger mon pere.

Amour, devoir, helas! faut-il en ce moment
Abandonner mon Pere, ou perdre mon Amant?

TELEPHE.

Eſperons tout d'une entrepriſe
Que m'inſpire l'Amour, que le Ciel autoriſe:

Je vois avec transport ce Temple, ces Autels!...
Hercule y tient un rang parmi les Immortels!...
De ses fameux travaux j'y découvre l'histoire...
Ces Monstres, ces Tyrans,
Abattus par ses coups, sous ses pieds expirans,
Tout m'enflâme en secret du desir de la gloire...

C'est lui que je veux imiter,
Charmé de sa valeur j'en vais suivre la trace.

ISMENIE.

J'aime à voir vôtre noble audace,
Mais, que pour une Amante elle est à redouter!

TELEPHE.

Banissez vos frayeurs: par un terrible exemple
Des vengeances du Ciel j'instruirai l'avenir:
Un forfait a soüillé ce Temple,
Les Dieux m'ont reservé l'honneur de le punir.

C'est là, qu'aux yeux même d'Alcide,
Vôtre Pere fut égorgé!

ISMENIE.

Suivez la fureur qui vous guide,
Que dans ce même lieu mon Pere soit vengé.

O vous, dont je tiens la naissance,
Pardonnez, si ma haine a suspendu ses coups;

Mon Amant eſt chargé du ſoin de ma vengeance,
Voyez, quel eſt le bien que j'expoſe pour vous !

TELEPHE.

O Ciel, dont le pouvoir ſuprême
Confond les vains projets de ſuperbes Tyrans,
Vous devez ſoûtenir le deſſein que je prens,
Punir des Criminels, c'eſt vous ſervir vous-même.

ENSEMBLE.

Alcide, protecteur des Rois,
Du ſéjour de ta gloire écoute nôtre voix:

Redoutable ennemi du crime,
Du ſoin de le punir ſois encore occupé;
Qu'un Monſtre à tes coups échappé
Immolé par nos mains te ſerve de Victime.

SCENE III.

ARSAME, ISMENIE, TELEPHE.

ARSAME.

LE Peuple vous attend, Seigneur, quittez ces lieux,
Le Roi pourroit vous y ſurprendre:
Il faut vous cacher à ſes yeux;
Hâtez-vous: ſur vos pas j'irai bien-tôt me rendre.

SCENE IV.

ARSAME.

AMour, je ne t'écoute plus,
Si pour ſuivre tes loix, il faut trahir ma Gloire.

La Vertu ſur mon Ame a des droits abſolus,
Tu lui voudrois en vain diſputer la Victoire:

Amour, je ne t'écoute plus,
Si pour ſuivre tes loix, il faut trahir ma gloire...
On vient dans ces lieux, c'eſt le Roi.

SCENE V.

LE ROY, ARSAME.

LE ROY.

DEmeurez, Prince, écoutez-moi;
Vous pouvez déſormais reprendre l'eſperance,
Oubliez qu'en faveur d'un Guerrier inconnu,

Par une trompeuſe apparence
Je fus contre vous prévenu :

Je reconnois mon injuſtice,
Je veux la réparer en vous rendant heureux ;
Je veux que de ſes plus doux nœuds
L'Hymen à ma Sœur vous uniſſe.

ARSAME.

Vous rendez l'Eſpoir à mon cœur !
Seigneur, de cet Hymen dépend tout mon bonheur.

LE ROY.

J'en attens une récompenſe ;
Apprenez mes frayeurs, embraſſez ma défenſe,
Que le repos que j'ai perdu,
Par vôtre heureux ſecours, me ſoit enfin rendu.

ARSAME.

Commandez ; je ſuis prêt de remplir vôtre attente.

LE ROY.

Telephe dans ma Cour, me trouble, m'épouvante,
Il faut....

ARSAME.

Qu'exigez-vous ?

LE ROY.

Que par un juſte effort
Vous vous joigniez à moi pour lui donner la mort :

ARSAME.

La mort ! Ciel !

LE ROY.

De mon Trône il veut ſe rendre maître,
Pour nous, ſans cet Eſpoir, il n'eût point combattu....
Quel trouble injurieux me faites vous paraître ?

ARSAME.

Seigneur, vous devez me connaître,
En flattant mon amour, épargnez ma Vertu.

Qui ! moi ! que je le ſacrifie ?
Que par un indigne retour
Mon bras coupable ôte la Vie
A qui m'a conſervé le jour ?

J'adore la Princeſſe, & l'amour qui m'anime,
Auroit fait mon bonheur d'un ſi charmant lien ;
Mais, un bonheur qui coûte un crime,
Ne peut jamais toucher un cœur tel que le mien.

LE ROY.

D'une fauſſe vertu vainement tu te pares,
Ah ! je vois trop par tes refus
Que pour mon Ennemi, Cruel, tu te déclares.
Va, fuis, je ne te retiens plus,
Tu n'oſes ſervir ma vengeance,
Perfide, c'eſt par toi qu'il faut qu'elle commence.

Arſame ſort.

On vient : dissimulons : j'ai déja sçû prévoir
Les moyens d'assûrer ma vie & mon pouvoir.

SCENE VI.

Les Sacrificateurs d'Hercule & les Prêtresses d'Hebé viennent celebrer les Jeux par des Chants, & par des Danses.

LES SACRIFICATEURS *d'Hercule, & les Prêtresses d'Hebé.*

Fils du Dieu redouté qui lance le Tonnerre,
Reçoi les respects de la terre :
Qu'à jamais Hebé dans les Cieux
Te verse le nectar qu'elle presente aux Dieux.

Ennemi d'un honteux repos
Aux plus lointains Climats tu fis voler ta gloire ;
Non, jamais un Heros
N'a conduit si loin la Victoire.

Qu'à jamais Hebé dans les Cieux
Te verse le nectar qu'elle presente aux Dieux.

Les Monstres vainement te firent resistance,
Ta valeur sçut en triompher :
Les combattre & les étouffer
Furent les Jeux de ton enfance.

Qu'à jamais Hebé dans les Cieux
Te verſe le Nectar qu'elle preſente aux Dieux.

La vertu t'ouvrit un paſſage
Dans l'Infernal ſéjour:
Cerbere frémiſſant de rage
Fut contraint de ſouffrir le jour.

Fils du Dieu redouté qui lance le Tonnerre
Reçoi les reſpects de la terre.

Qu'à jamais Hebé dans les Cieux
Te verſe le Nectar qu'elle preſente aux Dieux.

SCENE VII.

ARSINOE', LE ROY, *& les Acteurs de la Scene précedente.*

ARSINOE'.

SEigneur, ſongez à vous.....

LE ROY.

Qui cauſe vos allarmes ?

ARSINOE'.

Par vos ordres ſecrets Telephe eſt arrêté,
Mais le Peuple en fureur contre vous revolté,
Se plaint, menace & court aux armes.

LE ROY.

Traîtres, vôtre Eſpoir ſera vain ;
Allons, par un ſeul coup prévenons ma diſgrace,
Faiſons perir Telephe & ſa tête à la main,
Puniſſons des Mutins la criminelle audace.

Le Roi veut ſortir du Temple, & il entend un grand bruit de Tonnerre.

Que vois-je ? quel nouvel effroi !...
J'entens gronder le tonnerre !...
Ses éclats redoublez ont ébranlé la terre,
Les Mortels & les Dieux s'arment-ils contre moi ?

Bravons-les : rempliſſons ce Temple de carnage,
De ces Dieux menaçans meritons le courroux,
Et, s'il faut tomber ſous leurs coups,
Ne deſcendons point ſeul au tenebreux rivage.

FIN DU QUATRIE'ME ACTE.

ACTE CINQUIÉME.

Le Theatre represente une Salle du Palais des Rois de Mysie.

SCENE PREMIERE.

ISMENIE.

O Dieux, avec mes jours terminez mon tourment,
La mort est desormais le seul bien que j'espere:
Sans avoir pû venger mon Pere,
Je viens de perdre mon Amant.

Je l'ai vû dans les fers, sans secours, sans armes,
En ce funeste état que pourroit la valeur?
Tout me confirme son malheur,
Et je m'arrête encore à répandre des larmes!

O Dieux, avec mes jours terminez mon tourment,
La mort est desormais le seul bien que j'espere:
Sans avoir pû venger mon Pere,
Je viens de perdre mon Amant.

CHOEUR *que l'on entend & que l'on ne voit pas.*

Combattons, combattons, la Victoire est à nous:
Frappons, que la Pitié n'arrête point nos coups.

ISMENIE.

Quels bruits! quelles clameurs se font par tout entendre!
Helas! il n'est plus tems de vouloir le défendre.

CHOEUR.

Combattons, combattons, la Victoire est à nous:
Frappons, que la Pitié n'arrête point nos coups.

SCENE II.

ARSAME *l'épée à la main, suivi d'une partie des Conjurez,* ISMENIE.

ARSAME.

PRincesse, vous vivez! ô fortuné présage!
Vos plus zelez Sujets qui volent sur mes pas,
Secondant l'effort de mon bras
Jusques dans ce Palais se sont fait un passage.

Je cherche à ſecourir un Ami genereux,
La lumiere ſans lui m'auroit été ravie,
Que je ſerois heureux
De pouvoir à mon tour lui conſerver la vie!
Je renonce à l'Eſpoir dont me flatoit l'Amour
Pour une Amitié ſi fidelle...
Que vois-je, vous pleurez! a-t-il perdu le jour?
Ah! que vous me cauſez une frayeur mortelle!

ISMENIE.

J'ignore, helas! quel eſt ſon ſort,
Maître dans ce Palais, vous le pouvez apprendre:
Hâtez-vous, par un noble effort,
S'il en eſt encor tems, Prince, allez le défendre.

ARSAME.

J'y cours:

aux Conjurez.

Vous demeurez: S'il faut la ſecourir,
Pour le Sang de vos Rois ſoyez prêts à mourir.

SCENE III.

ISMENIE, ARSINOE', *troupe de Conjurez.*

ARSINOE' *voyant ſortir Arſame.*

QUe vois-je? Arſame entreprend leur défenſe!

aux Conjurez.

Traîtres, en sa faveur vous armez vôtre bras?
Le Roi Victorieux suivra bien-tôt mes pas,
Il punira vôtre insolence.

ISMENIE.

Non, ne te flatte point d'une vaine Esperance.
Les Dieux, les justes Dieux ne balanceront pas
Entre le crime & l'Innocence.

ARSINOE'.

Bien-tôt, malgré ces Dieux, Maîtresse de ton sort
Je sçaurai remplir ma vengeance.

ISMENIE.

Tu rougiras peut-être aprés ce vif transport
D'avoir besoin de ma Clemence.

ARSINOE'.

Moi! j'implorerois le secours
De mon orguëilleuse Rivale!

ISMENIE.

Qu'entens-je!

ARSINOE'.

Tremble pour tes jours,
A l'aveu que je fais d'une flâme fatale.

J'adorois ce Guerrier dont ton cœur est charmé,
Cet Amour en Fureur s'est enfin transformé :
J'ai voulu t'immoler; en trompant mon envie,
Le Destin te prépare un plus affreux tourment,
Tu ne joüiras de la vie,
Que pour voir périr ton Amant.

ISMENIE.

Maître des Cieux & de la Terre,
Armez vôtre immortelle main:
L'horreur d'un projet inhumain
Doit allumer vôtre Tonnerre.

ISMENIE ET ARSINOE'.

ISMENIE } Tremble, crains les Dieux en courroux.
ARSINOE'. } Tremble, tremble, crains mon courroux.
ISMENIE. } Non, ne te flatte pas d'échapper à leurs coups.
ARSINOE'. } Non, ne te flatte pas d'échapper à mes coups.

CHOEUR *derriere le Théatre.*

Chantons, chantons nôtre Victoire,
Triomphons des Ennemis.

ISMENIE.

Quel Espoir m'est encor permis ?

ARSINOE'.

Mon Frere est-il comblé de gloire ?

CHOEUR.

Chantons, chantons nôtre Victoire,
Triomphons de nos Ennemis.

SCENE IV.

TELEPHE, ARSAME, ISMENIE, ARSINOE', *& les Acteurs de la Scene précedente.*

ISMENIE *voyant arriver Telephe.*

QUe vois-je, justes Dieux! vous l'avez protegé!
Quel plaisir dans mon cœur succede à ma tristesse!

TELEPHE *à Ismenie.*

Vous Regnez, charmante Princesse,
Le Tyran ne vit plus, vôtre Pere est vengé.

ARSINOE'.

Ciel!

TELEPHE.

Arſame en briſſant mes chaînes,
M'a donné les moyens de terminer vos peines.

ARSINOE'

Quel funeſte revers !

TELEPHE *à Iſmenie.*

Confus, épouvanté,
Fremiſſant à mes yeux d'une rage inutile,
Dans le temple d'Hercule, Eurite s'eſt jetté....
Ce temple a des Tyrans doit-il ſervir d'azile ?
J'ai volé ſur ſes pas : il combat à l'Autel
Où ſa barbare main fit perir vôtre Pere,
C'eſt là, que tranſporté d'une juſte colere
Je le frappe du coup mortel,
Il tombe....

ARSINOE' *à Telephe.*

A ta fureur il manque une Victime,
Et je viens m'offrir à tes coups.
Je t'aimois en ſecret, Ingrat, c'eſt tout mon crime,
Hâte-toi d'aſſouvir ta haine & ton courroux.

TELEPHE.

Répondez à l'amour d'Arſame,
Couronnez ſon eſpoir :

ISMENIE.

En partageant ſa flâme
Partagez avec nous le ſouverain pouvoir.

ARSINOE'.

Arſame, approche : on veut que je te recompenſe
D'avoir embraſſé leur défenſe!

ARSAME.

Pour qui ſauva mes jours, mon bras a combattu,
Je ne m'en repens point, je le ferois encore :
Si vous condamnez ma vertu,
Vous en pouvez punir ce cœur qui vous adore.
Frappez ... qui peut vous retenir ?

ARSINOE'.

Ta peine à ta Vertu ne ſeroit point égale,
Tu m'as ôté l'eſpoir d'accabler ma Rivale,
Tu m'aimes, c'eſt ainſi que je veux te punir.

Elle ſe frappe.

ARSAME.

Quel ſpectacle ! ô douleur mortelle !

Il ſuit Arſinoé.

TELEPHE *à ſa ſuite.*

Hâtez-vous, prenez ſoin de cet Ami fidelle.

SCENE V.

LES PEUPLES, TELEPHE, ISMENIE.

CHOEUR.

Regnez dans ces climats, Heros victorieux.

ISMENIE.

Aprés vos exploits glorieux,
De ce Peuple charmé soyez le digne Maître.

TELEPHE.

Princesse, à vôtre Hymen dois-je encore aspirer?
Je ne sçais quel Sang me fit naître.

ISMENIE.

L'Amour & la Vertu doivent tout esperer.

Partagez ma grandeur nouvelle,
Devenez à jamais heureux:
Je dois une Couronne au Guerrier genereux
Et ma main à l'Amant fidelle.

CHOEUR.

Regnez dans ces climats, Heros victorieux.

TELEPHE, ISMENIE.

Quel éclat brille dans ces lieux!
Hercule paroît à nos yeux!

HERCULE *descend avec la Gloire, & avec la suite de Bellonne.*

Tout le Théatre s'embellit.

SCENE DERNIERE.

HERCULE, LA GLOIRE, *la suite de la Gloire*, LES PEUPLES *de Mysie*, TELEPHE, ISMENIE.

HERCULE.

Peuples, dans un Heros qui finit vos allarmes,
Reconnoissez mon Fils :
De l'heureux succés de ses Armes
Cet Empire est le digne prix.

A la valeur qu'il fait paraître,
Au mépris genereux des perils les plus grands,
A sa haîne pour les Tyrans,
Vous auriez dû le reconnaître.

CHOEUR.

Regnez dans ces climats, Heros victorieux,
Regnez, sur tous les Cœurs exercez vôtre Empire :
Que l'Amour & l'Hymen, que la Gloire & les Dieux,
Qu'à vous rendre heureux tout conspire.

Les Peuples de Mysie & les Suivantes de la Gloire & de Bellonne, font le Divertissement.

UNE SUIVANTE *de Bellonne.*

Mortels, volez à la Victoire,
Offrez-lui vos premiers desirs :
Quand vous aurez servi la Gloire
Vous pourrez goûter les Plaisirs.

Pour vous livrer à la tendresse,
Attendez que de grands Exploits
Puissent excuser la foiblesse
De suivre d'Amoureuses loix.

Mortels, volez à la Victoire,
Offrez-lui vos premiers desirs :
Quand vous aurez servi la Gloire
Vous pourrez goûter les Plaisirs.

Le Divertissement continuë.

CHOEUR.

Regnez dans ces climats, Heros victorieux,
Regnez, sur tous les Cœurs exercez vôtre Empire:
Que l'Amour & l'Hymen, que la Gloire & les Dieux,
Qu'à vous rendre heureux tout conspire.

FIN DU CINQUIE'ME ACTE.

APPROBATION.

J'Ai lû par ordre de Monseigneur le Chancelier, TELEPHE Tragedie mise en Musique; & j'ai crû qu'elle feroit plaisir au Public. Fait à Paris ce 18. Novembre 1713.

HOUDAR DE LA MOTTE.

PRIVILEGE DU ROY.

LOUIS par la grace de Dieu Roy de France & de Navarre ; A nos amés & feaux Conseillers les gens tenans nos Cours de Parlement, Maîtres des Requêtes ordinaires de notre Hôtel, Grand Conseil, Prevôt de Paris, Baillifs, Senechaux, leurs Lieutenans Civils, & autres nos Justiciers qu'il appartiendra, Salut. Les Sieurs Besnier Avocat en Parlement, Chomat, Duchesne, & de la Val de S. Pont, Bourgeois de notre bonne ville de Paris, Nous ont fait remontrer, qu'en consequence de l'Arrêt de notre Conseil du 12. Decembre 1712. du Traité fait entre eux & les Sieurs de Francine & Dumont le 24. desdits mois & an, & de nos Lettres Patentes du 8. Janvier ensuivant, confirmatives du Traité, ils auroient acquis le Privilege de faire representer les Opera durant le tems de vingt années, à compter du 20 Aout 1712. ainsi que le Privilege de la vente des Paroles desdits Opera, lesquels ils desireroient faire imprimer pour les donner au public, s'il Nous plaisoit leur accorder nos Lettres de Privilege sur ce necessaires. A CES CAUSES desirant favorablement traiter les Exposans, attendu les charges dont l'Academie Royale de Musique se trouve obérée, & les grandes dépenses qu'il convient faire tant pour l'impression que pour la gravure en taille-douce des planches dont ce livre sera orné, Nous leur avons permis & permettons par ces Presentes de faire imprimer & graver les Paroles & la Musique de tous lesdits Opera qui ont été ou qui seront representés par l'Academie Royale de Musique tant separément que conjointement, en telle forme, marge, caractere, nombre de volumes & de fois que bon leur semblera, & de les faire vendre & debiter par tout notre Royaume pendant le tems de dix-neuf années consecutives, à compter du jour de la datte desdites Presentes. Faisons défenses à toutes personnes, de quelque qualité & condition qu'elles puissent être, d'en introduire d'impression étrangere dans aucun lieu de notre obéïssance ; & à tous Imprimeurs, Libraires, Graveurs, & autres d'imprimer, faire imprimer, vendre, faire vendre, debiter ni contrefaire lesdites impressions, planches & figures en tout ni en partie sans la permission expresse & par écrit desdits Sieurs Exposans, ou de ceux qui auront droit d'eux, à peine de confiscation des exemplaires contrefaits, de six mille livres d'amande contre chacun des contrevenans, dont un tiers à Nous, un tiers à l'Hôtel-Dieu de Paris, l'autre tiers ausdits sieurs Exposans & de tous dépens dommages & interêts, à la charge que ces presentes seront enregistrées tout au long sur le Registre de la Communauté des Imprimeurs & Libraires de Paris & ce dans trois mois de la datte d'icelles, que la graveure & Impression desdits Opera sera faite dans notre Royaume & non ailleurs, en bon papier & en beaux Caracteres conformement aux Reglemens de la Librairie ; & qu'avant de les exposer en vente il en sera mis deux Exemplaires dans notre Bibliotheque publique ; un dans celle de notre Château du Louvre & l'autre dans celle de notre trés-cher & feal Chevalier Chancelier de France le Sieur Phelypeaux Comte de Pontchartrain, Commandeur de nos Ordres ; le tout à peine de nullité des Presentes : du contenu desquelles vous mandons & enjoignons de faire joüir lesdits Sieurs Exposans, ou leurs ayans cause, pleinement & paisiblement, sans souffrir qu'il leur soit fait aucun trouble ou empêchement. Voulons que la copie desdites Presentes, qui sera imprimée au commencement ou à la fin desdits Opera, soit tenuë pour dûment signifiée, & qu'aux copies collationnées par l'un de nos amés & feaux Conseillers & Secretaires foi soit ajoutée comme à l'Original. Commandons au premier notre Huissier ou Sergent de faire pour l'execution d'icelles tous actes requis & necessaires, sans demander autre permission, & nonobstant Clameur de Haro, Charte Normande, & Lettres à ce contraires : Car tel est notre plaisir. Donné à Versailles le 20. jour d'Août l'an de Grace 1713. & de notre Regne le soixante-onziéme. Par le Roy en son Conseil. Signé BESNIER avec paraphe, & scellé.

Nous avons cedé à M. Ribou le present Privilege suivant le Traité fait avec lui le 17. Juillet dernier 1713. A Paris le 22. Août 1713. Signé, BESNIER.

Registré sur le Registre avec la Cession n. 3. de la Communauté des Libraires & Imprimeurs de Paris p. 648. n. 731. conformément aux Reglemens, & notamment à l'Arrêt du 3. Août 1703. Fait à Paris ce 11. Septembre 1713. L. JOSSE, Syndic.

www.ingramcontent.com/pod-product-compliance
Lightning Source LLC
LaVergne TN
LVHW020040170826
845678LV00001B/350
* 9 7 8 2 3 2 9 6 8 9 5 3 1 *